SUPERTANKER

Le « Condor Le Havre » ne répond plus !

Jean-François Le Din

SUPERTANKER

Roman

© 2021 Jean-François Le Din

Édition : BoD – Books on Demand,
12/14 rond-point des Champs-Élysées, 75008 Paris
Impression : BoD - Books on Demand, Norderstedt, Allemagne

ISBN : 978-2-3222-6952-5

Dépôt légal : Juin 2021

« ... l'homme sait enfin qu'il est seul dans l'immensité indifférente de l'Univers d'où il a émergé par hasard. Non plus que son destin, son devoir n'est écrit nulle part. À lui de choisir entre le Royaume et les Ténèbres. »

Jacques Monod, « Le hasard et la nécessité »

« Chacun appelle barbarie ce qui n'est pas de son usage. »

Montaigne, Essais, « Des cannibales »

Ceci est une œuvre de fiction.

Les personnages et les situations décrits dans ce livre sont purement imaginaires.

Toute ressemblance avec des personnages ou des événements existants, ayant existé ou qui pourraient exister, ne serait que pure coïncidence.

Prologue

Voilà. C'est l'histoire d'un grand navire citerne pétrolier. Ce navire, c'est le supertanker « Condor Le Havre ». Un supertanker avec un équipage, une cargaison, une destination. Ce navire va charger sa cargaison de pétrole brut dans un terminal du Golfe persique, et la transporter jusqu'au port pétrolier du Havre.

Personne ne le soupçonne encore, mais ce supertanker va connaître, à l'occasion d'un enchaînement de circonstances et de coïncidences plus fortuites les unes que les autres, un bien curieux destin. Un destin impensable, fatal, funeste. Un destin qui va le propulser sur le devant de la scène médiatique de l'actualité internationale. Dans un peu plus de deux mois, le monde va être, encore une fois, secoué et médusé.

Ce destin va, parallèlement, bouleverser celui de tout un pays.

Mais laissons aux éléments du puzzle le temps de se mettre en place, et laissons au « Condor Le Havre » le temps d'entamer sa marche vers son tragique destin.

J moins soixante-deux

Lundi 21 mars 2022, Le Havre – France

Il est 10 heures, Jorik Palatinier se réveille dans son appartement. Il habite boulevard Albert 1er, au cinquième et dernier étage d'un immeuble qui donne directement sur la plage centrale et offre une vue imprenable sur la baie du Havre. Comme chaque matin au réveil, il prépare son petit déjeuner. Pendant que le café coule et que les tartines grillent, il allume son ordinateur et remarque tout de suite dans sa boîte aux lettres, un courriel de son employeur, la société Total SA. Jorik Palatinier est second capitaine dans la marine marchande. Il vient de recevoir les détails de sa prochaine mission. Embarquement le dimanche 3 avril, à 12 heures, au port du Havre, quai numéro 8 de la digue Charles Laroche, sur le pétrolier « Condor Le Havre ». Aller à vide pour le Koweït, chargement le 25 ou 26 avril, puis retour au Havre le 20 ou 21 mai. En annexe du courriel figure la liste de l'équipage, dont il connaît la plupart des membres et avec lesquels il a l'habitude de naviguer du Golfe persique vers la France ou vers le Sud-Est asiatique.

Il regarde son calendrier, et constate avec satisfaction qu'il pourra participer en cette année 2022, ou 1443 selon le calendrier annuel hégirien, au début du Ramadan qui commence le samedi 2 avril, à la tombée de la nuit. Pendant un mois, comme vont le faire les fidèles partout dans le monde, il s'efforcera même s'il est en mission avec un emploi du temps contraint, de vénérer le Prophète en s'adonnant au rite des cinq prières canoniques quotidiennes qui ont lieu à l'aube, au milieu de la journée, lorsque le soleil est à son zénith, au milieu de l'après-midi, au crépuscule et enfin au soir. En effet, depuis quelques semaines, Jorik Palatinier s'adonne au culte musulman.

Il constate également qu'il peut s'inscrire au triathlon international de Deauville dans la catégorie « distance olympique », qui aura lieu, le dimanche 29 mai après-midi.

J moins vingt-six

Lundi 25 avril 2022, Paris – France

La campagne électorale pour l'élection du Président de la République française débute dans une ambiance lourde et pesante, voire délétère. Alors que le quinquennat touche à sa fin, tous les voyants sont au rouge. La situation sécuritaire, la situation économique et financière, la situation sociale, la situation sanitaire, et la situation politique inspirent les plus vives inquiétudes. Tout porte à croire que les Français ont le triste sentiment, une fois de plus, d'avoir été trompés. Et ils en veulent au Président et à son gouvernement. Une très large majorité d'électeurs n'a plus aucune confiance dans le personnel politique, et désormais, une courte majorité d'entre eux estime que le moment est venu de « renverser la table ». Certains politologues avancent même l'idée que, dans l'opinion publique, « certains verrous moraux ont sautés ».

Jour J moins vingt-cinq

Mardi 26 avril 2022, 10 heures, terminal pétrolier de Mina Abd Allah – Koweït

Le « Condor Le Havre » est à 11.600 kilomètres du port du Havre. Après un voyage à vide de trois semaines pour rallier le Moyen-Orient, il termine ses opérations de chargement, avant de repartir vers son port d'attache.

Le « Condor Le Havre » est un navire citerne pétrolier (en anglais crude oil tanker). Il bat pavillon français, son propriétaire est l'armateur AET Inc implanté aux Bermudes et son affréteur est la société française Total SA. Il est inscrit au registre de l'organisation maritime internationale (OMI) sous le numéro 9795533.

Sorti des chantiers navals Hyundai Heavy Industries à Gunsan en Corée du Sud en 2017, sa passerelle de commandement qui occupe presque toute la largeur du navire, offre le dernier cri de la technique et de l'électronique avec ses différents pupitres de navigation : cartes marines, GPS, sondeur, VDR (voyage data recorder), radar, sécurité des cuves de pétrole brut. Situé à l'arrière du navire dans un compartiment dédié avec les moteurs, le poste de commandement machines est lui aussi ultramoderne avec les pupitres de pilotage des moteurs, de contrôle des alarmes et de production d'énergie.

Regroupées dans le château, les installations pour la vie courante sont confortables. Les unes sont situées sous la passerelle, le carré des officiers, le self pour l'équipage, les cuisines qui préparent les repas en fonction des habitudes alimentaires des uns et des autres, les chambres individuelles pour les officiers et par binôme pour l'équipage, la salle de loisirs, la salle de sport. Les autres se trouvent en extérieur, la piste pédestre et la piste cyclable sur le pont. De quoi vivre le plus agréablement possible pendant les deux mois que dure une mission.

Long de 250 mètres et large de 44 mètres, le « Condor Le Havre » emporte dans ses flancs quelque 130.000 tonnes de pétrole brut, soit environ 160.000 mètres cubes. Son tirant d'eau maximum de 15 mètres à pleine charge lui permet d'accoster dans tous les terminaux pétroliers et de livrer dans tous les ports modernes. Ses moteurs Wartsila, développant 22.000 chevaux, lui permettent d'atteindre 14,5 nœuds en vitesse de croisière, soit 27 kilomètres par heure.

Dans la terminologie des transports maritimes, selon la classification retenue par l'agence internationale de l'énergie (AIE), le « Condor Le Havre » est référencé comme « Suezmax », c'est-à-dire qu'il peut circuler via le canal de Suez. Ce n'est donc pas un pétrolier géant à proprement parler, les plus grands ULCC (Ultra Large Crude Carriers) font près de 400 mètres de longueur pour un emport de plus de 350.000 tonnes de brut dans leurs soutes. Mais le « Condor Le Havre » est l'un des plus récents.

Depuis sa mise en service, le « Condor Le Havre » promène régulièrement sa belle silhouette orange et blanche entre les ports pétroliers du Moyen-Orient où il charge, et ceux du Sud-Est asiatique et d'Europe où il livre.

Jour J moins vingt

<u>Dimanche 1ᵉʳ mai 2022, fête du travail, Paris – France</u>

Dans le contexte particulier de cette année électorale, le déroulement des manifestations et des défilés syndicaux est regardé par les observateurs comme le thermomètre de la cohésion et de la mobilisation des forces de gauche. A Paris comme dans toutes les grandes villes de France, force est de constater que ni l'une ni l'autre ne sont au rendez-vous. Chacun organise sa manifestation dans son coin, avec peu d'effectifs. Il faut dire que les résultats des sondages dont est abreuvée l'opinion publique depuis plusieurs mois indiquent clairement que les jeux, en grande partie, sont déjà faits. Et puis, l'opinion est lassée par la violence qui entache quasiment systématiquement toutes les manifestations depuis plusieurs années.

A bord du « Condor Le Havre », on a l'habitude de fêter les grands évènements populaires et religieux. Avec l'aval du commandant, le chef et ses cuisiniers mettent un point d'honneur à préparer à chaque fois un menu particulier.

Même si ce soir le coucher du soleil marque la fin du Ramadan 2022, pas de mouton au menu, pas de repas spécial, pas de repas de fête pour l'Aïd-el-Fitr qui est la fête musulmane marquant la rupture du jeûne. En effet, le second capitaine Jorik Palatinier, bien que pratiquant depuis quelques semaines, ne s'est pas encore résolu à déclarer sa nouvelle foi au commandant et à ses collègues. Il fêtera donc l'événement seul et de façon plus spartiate, dans sa chambre.

Jour J moins dix-neuf

<u>Lundi 2 mai 2022, golfe d'Aden – extrémité Ouest de la mer d'Arabie</u>

Le « Condor Le Havre » est à 8.150 kilomètres du port du Havre.

Dans la salle opérations du porte-avions « Charles de Gaulle », la présentation de l'exercice interallié et interarmées franco-djiboutien de contre terrorisme et de contre piraterie, baptisé « Khamsin », commence, en présence de l'amiral commandant le groupe aéronaval (GAN) et la Task Force 50 (TF50). Le thème est la reprise de contrôle d'un supertanker pris en otage par des pirates-terroristes.

Le chef d'état-major du GAN et directeur des opérations fait un point de situation : « Ce matin à l'aube, le supertanker français « Condor Le Havre » est assailli par des pirates, probablement Somaliens, alors qu'il approche des eaux territoriales de la République de Djibouti. Son équipage, 18 personnes au total, est pris en otage. Les revendications des terroristes ne sont pas claires. Paris a ordonné la reprise de contrôle du navire, par tous les moyens, le plus rapidement possible. » Puis il expose son intention de manœuvre et donne ses ordres.

Bien évidemment, ce genre d'exercice fait l'objet d'une convention avec les affréteurs, et d'une préparation avec les équipages.

La ministre des Armées est présente, de passage à l'occasion d'une visite aux différents détachements des forces armées françaises déployés au Moyen-Orient. Opération « Chammal » en Syrie et en Irak, opération ONU « Daman » au Liban, mission maritime dans le Golfe arabo-persique, forces de présence aux Emirats arabes unis et à Djibouti. Elle est accompagnée de l'ambassadeur de France à Djibouti, et du général chef d'état-major des forces armées djiboutiennes (FAD). Ses yeux bleus lumineux sont toujours vifs, mais, après presque quatre années dans la fonction, les rides se sont creusées sur son visage et accusent le poids des responsabilités, des crises et « la charge des âmes des soldats », comme elle aime à le dire. Elle semble un peu lasse.

Dès le briefing opérationnel terminé, le top départ de l'exercice « Khamsin » est donné, et les différents détachements se mettent en place. Les quatre hélicoptères Super Puma du détachement de l'aviation légère de l'armée de terre (ALAT) des forces françaises stationnées à Djibouti (FFDj) décollent et vont récupérer d'une part, un détachement de l'un des sept commandos marine, le Commando de Penfentenyo, dépendant du commandement des forces spéciales (COS) en exercice dans la région de Godoria, dans le district d'Obock, et d'autre part, un détachement du 1er régiment d'infanterie des forces armées djiboutiennes (FAD) stationné à Arta. Pendant toute la durée de l'opération, un avion de patrouille maritime Atlantique 2 effectuera un ring autour du « Condor Le Havre », et servira de relai de télécommunication et de plateforme de coordination pour tous les intervenants.

A la passerelle du « Condor Le Havre », le commandant et son second capitaine sont tenus en joue par les pirates. Le reste de l'équipage a été enfermé, sous bonne garde, dans la salle à manger. Les pirates sont joués par un groupe de fusiliers marins, attachés à la protection du « Charles de Gaulle ».

La doctrine en matière de contre piraterie, est assez simple. On mène une action de force rapide, sans s'encombrer d'une quelconque forme de négociation, même si l'on évite, autant que faire se peut, les pertes amies. D'une manière générale, on dispose de deux éléments, le plus souvent héliportés, l'un est chargé de « neutraliser » le maximum de terroristes à distance, l'autre vient terminer le travail au contact.

Les différents éléments sont briefés pendant la phase de mise en place, et tout le monde travaille sur la même fréquence radio, aux ordres de la salle opérations du porte-avions « Charles de Gaulle » qui transitent par l'avion Atlantique 2.

Deux premiers Super Puma viennent suivre le navire en se positionnant derrière sa poupe. Les tireurs d'élite du Commando de Penfentenyo balayent les fenêtres de la passerelle, et accrochent leurs cibles dans les lunettes de leurs fusils de précision. Deux autres Super Puma déposent, à la proue du navire, les éléments qui sont chargés simultanément d'une part, de contrôler le pont, le 1er régiment d'infanterie djiboutien, et d'autre part, d'investir le château et de libérer les otages, le Commando de Penfentenyo.

Juste avant l'appontage des Super Puma, une patrouille de quatre Rafale Marine passe le mur du son à hauteur du château du « Condor Le Havre », sonnant ainsi les pirates. Profitant de la confusion, pendant que les tireurs d'élite engagent leurs cibles, les éléments d'assaut sont déposés. L'action se déroule rapidement. Les commandos marine sont rompus à ce genre d'intervention. L'unité djiboutienne, elle aussi habituée aux pratiques interalliées, fait bonne figure. Les comptes rendus remontent les uns après les autres à la salle opérations. En moins de vingt minutes, le navire est sous contrôle, l'équipage est libéré, et les terroristes neutralisés.

A la fin de l'exercice, une fois les unités ayant mené l'action reparties, les fusiliers marins qui ont joué le rôle des pirates organisent une séance d'instruction et un tir aux armes légères au profit de l'équipage. Le commandant dispose en effet à bord de quelques armes légères mise à disposition par son affréteur, fusils à pompe et pistolets automatiques.

Le commandant du « Condor Le Havre » et son second capitaine, qui ont assisté à l'assaut depuis la passerelle en tant qu'otages, ont été très impressionnés par le savoir-faire des forces spéciales. Comme ancien officier de marine, le commandant est toujours intéressé par les questions de sûreté et de sécurité. Il se demande si les équipages ne devraient pas être formés et entraînés, sans être pour autant des spécialistes, à certains savoir-faire et à certaines techniques. Le mieux, pour éviter une prise d'otages, est encore de maintenir les assaillants à distance et de les empêcher d'investir le bord, par tous les moyens à disposition.

De son côté, le second capitaine a bien noté que, même si la reprise de contrôle du navire par une action de force a été rapidement menée, les pirates terroristes sont restés maîtres à bord pendant un certain temps, du déclenchement de l'alerte à la libération des otages.

La ministre est satisfaite du bilan. L'action a été rondement et rapidement menée, les pertes amies sont minimales. Force est restée à la loi internationale, et cela constitue toujours une excellente publicité à l'adresse de tout terroriste potentiel. A la fin de l'exercice, elle précise à l'amiral qu'elle attend son compte rendu de « retour d'expérience » (RETEX) et ses propositions.

<u>Lundi 2 mai 2022, 18 heures, Plateau du Serpent – Djibouti</u>

Dans les jardins de l'ambassade de France, la nuit tombe, le gratin diplomatique et militaire franco-djiboutien est réuni. La ministre française des Armées termine son discours par une remise décoration : « Monsieur le général d'armées, chef d'état-major général des forces armées djiboutiennes, au nom du Président de la République française et en vertu des pouvoirs qui nous sont conférés, nous vous élevons à la dignité de grand-officier dans l'ordre national de la Légion d'honneur. »

Le général djiboutien semble un peu absent, on ne sait pas très bien s'il est aux anges d'être tant honoré par ses alliés français, ou s'il est fatigué d'avoir fêté la fin du Ramadan une bonne partie de la nuit précédente.

Cette remise de décoration, il est vrai un peu pompeuse comme se le dit la ministre en son for intérieur, qui vient conclure cet exercice interallié, n'a d'autre but que de ramener dans le giron français les hautes autorités militaires djiboutiennes qui ont un peu trop tendance ces derniers temps à se tourner vers d'autres horizons.

Il est 21 heures, la ministre des Armées remercie chaleureusement une dernière fois son homologue djiboutien, l'ambassadeur de France, l'amiral commandant le GAN/TF50, le général commandant les FFDj et le général chef d'état-major djiboutien pour cette belle journée de coopération, et file à l'aéroport d'Ambouli où son Falcon l'attend pour rentrer à Paris.

Jour J moins quinze

<u>Vendredi 6 mai 2022, Mer Rouge, au large de Djeddah – Arabie Saoudite</u>

Il est 13 heures 55, le « Condor Le Havre » est à 6.950 kilomètres du port du Havre. Il remonte la Mer Rouge. Le second capitaine se retire dans sa chambre après avoir effectué sa deuxième ronde de sécurité de la journée, sécurité dont il a la charge comme officier en second du navire. Il se tourne vers l'Est et déroule son tapis de prière sur lequel il va se prosterner, comme le font les musulmans pratiquants au cours de leurs cinq prières quotidiennes. Il est envahi à la fois par une profonde jubilation et une indicible ferveur, car il n'a jamais eu l'occasion de prier aussi prêt des lieux saints, La Mecque et la Kaaba, dont il se trouve à l'instant à quelque 90 kilomètres.

Jorik Palatinier a 32 ans, né en 1990 au Havre, il est le fils d'une mère française, à l'époque élève-infirmière à l'institut des formations paramédicales Mary Thieullent, et d'un père turc, à l'époque interne en médecine à l'hôpital Gustave

Flaubert. Il est orphelin, ses parents ont disparu quelques jours avant la naissance de leur fils dans un accident de la route, provoqué par un chauffard alcoolisé. Ses parents ne s'étant pas légitimement mariés, il porte le nom de sa mère, un nom bien français. Jorik Palatinier a été tout naturellement recueilli et élevé au Havre par son grand-père Louis, marin-pêcheur, et sa grand-mère Suzanne.

C'est ce grand-père Louis qui lui a transmis son amour de la mer, et qui lui a donné envie d'en faire son métier. Pendant ses loisirs, il fréquente le club de modélisme naval de Haute Normandie. Le modélisme et la radiocommande, ce sont les hobbies de son grand-père. Les navires, du bateau de pêche au supertanker, n'auront bientôt plus de secret pour Jorik Palatinier. Toutes ces connaissances lui seront très utiles pour réussir dans le métier auquel il se destine.

Après de brillantes études et l'obtention d'un baccalauréat série S avec mention très bien au lycée François-Ier, il prépare le concours d'admission aux écoles de la marine marchande dans une classe préparatoire aux grandes écoles, dans un des meilleurs lycées parisiens où il est pensionnaire.

Sorti de l'école nationale supérieure maritime (ENSM) du Havre en 2013, il a d'abord été second mécanicien pendant cinq ans avant de devenir second capitaine en 2018. Il connaît donc tous les secrets de la salle des machines. Depuis son premier embarquement, il sert sur les pétroliers de la compagnie Total SA, et notamment sur le « Condor Le Havre ». Il connaît donc parfaitement le bâtiment, de la salle des machines à la passerelle, en passant par les soutes.

Sans jamais en avoir parlé à quiconque, il a toujours été intrigué par ses origines généalogiques. Et c'est tout naturellement qu'un jour, il y a quelques mois, il s'est laissé tenter par une publicité sur les recherches par test ADN. Logiquement, les résultats lui ont confirmé qu'il était originaire d'Europe du Nord à 45,9 % et de la péninsule turque à 43,7 %. Depuis, il reçoit régulièrement via son application smartphone, des correspondances de parentés ADN en Turquie.

Sa famille, côté français, est catholique, mais Jorik Palatinier a toujours été élevé dans la laïcité républicaine. Il est célibataire, on ne lui connaît pas de relation stable. Il est plutôt solitaire et réservé. Ces derniers temps, il semble même parfois distant. Depuis quelques mois, à la faveur de ses recherches généalogiques, et voulant se rapprocher d'un père et de la moitié de sa famille qu'il n'a pourtant jamais connus, mais auxquels il s'est progressivement identifié, il se tourne, comme vers une sorte de refuge, vers la religion musulmane. Il fréquente entre deux missions une mosquée du Havre en toute discrétion. La mosquée turque Fatih Camii. Mais il ne s'est pas encore décidé à se convertir, même si l'imam le lui a proposé. D'ailleurs, même s'il s'efforce de respecter les cinq prières quotidiennes quand il n'est pas de quart, il n'a pas vraiment respecté le jeûne pendant le ramadan, peut-être par crainte de s'attirer les sarcasmes du commandant et des autres officiers du « Condor Le Havre ».

Cependant, il lui arrive parfois d'avoir l'impression diffuse que certains Français et aussi qu'une « certaine France » ne sont pas très tolérants à l'égard de ses coreligionnaires. Et il arrive parfois que ce sentiment se transforme en ressentiment.

Physiquement, Jorik Palatinier n'est pas très grand, mais il a une certaine prestance. Son visage est régulier, sa barbe brune de quelques jours met en valeur ses yeux d'un vert profond. Sa silhouette est athlétique, ses larges épaules le prédisposent à la natation qu'il pratique dans le cadre de ses entraînements réguliers au triathlon.

Il est 14 heures 30, sa prière terminée, Jorik Palatinier range son tapis. Il lui reste deux heures de liberté, avant de rejoindre le commandant Norbert de Kairgoaziou au carré des officiers. Ils doivent mettre une dernière main à la fiche synthèse de l'exercice interallié anti-piraterie joué lundi dans le Golfe d'Aden, qu'ils doivent adresser au président-directeur-général, au siège de Total SA. Pour l'instant, il part donc poursuivre son entraînement au triathlon, quelques tours de piste sur le pont du navire, puis une séance de home trainer dans la salle de sport.

Jour J moins treize

<u>Dimanche 8 mai 2022, 7 heures 55, toutes communes de France</u>

Dans la petite commune de Sainte-Magdelaine-le-Tocsin, en zone rurale du centre de la France, comme partout ailleurs, monsieur le Maire et ses équipes d'assesseurs sont sur le pied de guerre, car c'est le premier tour de l'élection du Président de la République. Les Français votent. Les sondages prédisent une abstention record. Les politologues annoncent de grosses surprises.

<u>Dimanche 8 mai 2022, 10 heures, Paris – France</u>

A l'occasion des cérémonies du 8 mai, on commémore le 77ème anniversaire de la fin des combats de la Seconde Guerre mondiale en Europe. Dans son command-car, avec le chef d'état-major des Armées à son côté, le Président de la République remonte les champs Elysées, encadré par la Garde républicaine à cheval. Arrivé place de l'Etoile, il débarque et vient saluer le drapeau de l'Ecole Polytechnique, avec le Premier ministre et la ministre des Armées. Il profite de la situation, car c'est peut-être la dernière fois qu'il préside cette cérémonie. Dans quinze jours et quelques heures, son mandat prendra peut-être fin.

<u>Dimanche 8 mai 2022, 22 heures 30, ministère de l'Intérieur, Paris – France</u>

Tard dans la nuit, le ministre de l'Intérieur annonce, la mine défaite, l'arrivée en tête de l'opposante principale du Président avec quelques milliers de voix d'avance. Viennent ensuite trois candidats, dont le Président sortant, dans un mouchoir de poche. Une heure plus tard, les résultats sont tellement serrés que le Président du Conseil Constitutionnel contredit le ministre de l'Intérieur, suspend le processus électoral et ordonne, en vertu des pouvoirs que lui donne la Constitution de la Cinquième République, un recomptage des bulletins dans tous les bureaux de vote de France métropolitaine et d'Outremer.

Jour J moins douze

<u>Lundi 9 mai 2022, 9 heures, tous bureaux de vote – France</u>

A Sainte-Magdelaine-le-Tocsin, les assesseurs et les scrutateurs, convoqués par le Maire, se retrouvent à la salle des fêtes. Comme dans tous les bureaux de vote de France métropolitaine et d'Outremer ils vont recompter les bulletins de vote.

<u>Lundi 9 mai 2022, 23 heures, Palais-Royal, rue de Montpensier – Paris</u>

Le Président du Conseil Constitutionnel annonce tard dans la nuit, la mine ravagée, le résultat du recomptage des bulletins de vote dans tous les bureaux de France.

Les deux qualifiés pour le second tour sont, dans l'ordre des résultats, l'opposante principale du Président, et le Président sortant.

Jour J moins onze

Mardi 10 mai 2022, port d'Alexandrie – Egypte

Le « Condor Le Havre » est à 5.400 kilomètres du port du Havre. Après son transit par le canal de Suez, il se trouve à peu près à la moitié du parcours qui le conduit en France.

Le « Condor Le Havre » fait une brève escale de quelques heures pour effectuer un avitaillement en vivres frais. Cette étape est prévue depuis son départ du Koweït, et elle est habituelle, à chaque voyage, aller comme retour, le navire recomplète ses chambres froides en vivres frais. Les commandes ont été passées depuis douze jours, mais la livraison est en retard, comme d'habitude. Elle arrive enfin, et sous le regard du commandant, l'équipage s'affaire à réceptionner les containers isothermes et à entreposer leur contenu dans les réserves et les magasins des cuisines. Pendant ce temps, le second capitaine Jorik Palatinier, qui remplit également les fonctions de commissaire à bord, en profite pour faire quelques achats à terre. Cette fois-ci, il part en ville seul pour se procurer des fournitures de bureautique, des piles et des batteries, chez ses fournisseurs habituels avec lesquels Total SA a des conventions.

Le commandant du « Condor Le Havre », Norbert de Kairgoaziou, a tout du capitaine Haddock, il en a le physique, le comportement et le langage peu châtié. Sa stature est imposante, sa barbe fournie et sa chevelure bouclée encadrent un visage taillé à la hache. Sa tenue blanche est propre, mais toujours un peu froissée. C'est un hobereau breton qui est à quelques jours de son départ à la retraite qu'il passera dans son manoir bigouden de Kerléguéhennec, situé entre Pont-l'Abbé et Quimper.

A 62 ans, il est capitaine au long cours depuis trente ans, après avoir fait un début de carrière dans la marine nationale comme officier de marine. Il a gardé d'une affectation en Martinique un goût prononcé pour les alcools forts, en particulier pour le rhum agricole Habitation Saint-Etienne blanc 55°, dont il emmène toujours une réserve suffisante pour couvrir ses deux mois de mission.

Il mène son navire et son équipage de façon bienveillante et paternaliste. Même s'il semble parfois un peu familier, il est à cheval sur l'ordre et la discipline, mais aussi sur le respect mutuel. Il est conscient de son rôle de formateur de ses officiers, et a le souci du moral de ses hommes d'équipage.

Comme le commandant du Titanic Edward John Smith en avril 1914, Norbert de Kairgoaziou accomplit son ultime voyage.

Jour J moins cinq

Lundi 16 mai 2022, détroit de Gibraltar – Extrémité Ouest de la Mer Méditerranée

Le « Condor Le Havre » est à 2.120 kilomètres du port du Havre.

En milieu de journée, il traverse le détroit très fréquenté. Ces derniers mois, le franchissement est même devenu délicat. En plus du trafic maritime commercial très dense, s'ajoute celui des embarcations précaires des migrants et des garde-côtes espagnols et marocains qui les pourchassent. Le commandant est un peu tendu, un incident peut toujours survenir. Néanmoins, la quasi-totalité des membres l'équipage se retrouve à la passerelle pour admirer les falaises du rocher de Gibraltar qui défilent à quelques kilomètres. Cet équipage est composé de dix-huit personnes, des Français aux postes d'officiers et des Philippins aux postes de cadres subalternes et d'équipage. Sous l'autorité du commandant Norbert de Kairgoaziou qui est responsable de tout devant l'armateur et l'affréteur, et du second capitaine Jorik Palatinier, chargé entre autre de la sécurité, l'équipage est organisé en quatre services. Sur le pont, trois lieutenants assurent la veille permanente à la passerelle et la conduite de la navigation en quarts à la mer. L'officier sécurité et son technicien philippin sont chargés de superviser les mouvements de la cargaison, chargement et déchargement du pétrole brut dans les terminaux et ports, et de la surveillance des soutes, pression et température, pendant tout le voyage. Dans la salle des machines, l'officier mécanicien Julian Rollandho est responsable de la propulsion et de la production d'énergie, il dispose de trois techniciens et de trois mécaniciens-électriciens philippins pour assurer le contrôle permanent, l'entretien et éventuellement la réparation des groupes motopropulseurs. Enfin, les cuisines sont le domaine réservé du chef cuisinier Paeng Amulong et de ses trois cuistots, tous les quatre Philippins. Ces quatre services, organisés en équipe de manière à pouvoir fonctionner en « trois huit », enchaînent les missions sur un rythme binaire, deux mois de mission en mer et deux mois de repos à terre.

Les Philippins présentent l'avantage d'être des gens affables, toujours de bonne humeur et serviables. Dans leur immense majorité, ils sont de religion catholique. Ils s'expriment avec de grands éclats de rire dans une sorte de « volapuk », langage international, mêlant l'Anglais, l'Espagnol et un idiome national, le Tagalog.

Tout ce petit monde se connaît pour naviguer régulièrement ensemble et constitue l'équipage B du « Condor Le Havre ».

Jour J moins trois

<u>Mercredi 18 mai 2022, 7 heures 38, émission de France 2 « Les quatre vérités » – Paris</u>

La présentatrice de l'émission « Les quatre vérités » reçoit son invitée, pour évoquer la situation politique de la France, à quatre jours du second tour de scrutin pour l'élection du Président de la République.

LQV : « Vous êtes journaliste et essayiste, directrice de la rédaction d'un grand hebdomadaire. Citons votre dernier essai : « Le tragique destin du Titanic » aux Éditions de la Croix du Sud.

A quoi peut-on s'attendre pour ce second tour de la présidentielle qui aura lieu dimanche prochain ? Qu'est-ce qui est possible ? Qu'est-ce qui est probable ? »

Invitée : « Pour répondre à votre question, il faut s'intéresser à ce que pensent les Français. Ce qu'ils pensent, on le mesure à travers les enquêtes d'opinion. Et les Français reprochent beaucoup de choses à l'exécutif. Quand je dis l'exécutif, je parle bien sûr du Président de la République, car tout se pense et tout se décide à l'Elysée. Le gouvernement, Premier ministre en tête, n'a strictement aucune initiative. Même s'il est pénalement protégé, le Président est jugé seul responsable.

Pour entrer dans le détail, sur la situation sanitaire d'abord, une large majorité lui reproche d'avoir mal géré la crise de la COVID. Passons sur les couacs et les mensonges sur les masques, les tests, les vaccins. On a confiné précipitamment, mais on n'a pas protégé. Rapidement le profil des victimes s'est dessiné : personnes très âgées, atteintes de comorbidités, personnes obèses. Aucune campagne de communication n'a été mise en œuvre pour les mettre en garde et les appeler à la vigilance. A aucun moment, ni le ministre de la Santé, ni le directeur général de la Santé, n'ont expliqué quelle était la différence entre un vaccin classique et un nouveau vaccin à ARN messager, ni quel était le bénéfice à se faire vacciner après l'apparition de quelques cas mortels de thromboses. Côté mortalité, il est difficile de se faire une opinion. Là non plus, pas d'explications claires, je ne suis même pas sûre que les Français sachent qu'il décède habituellement plus de 600.000 personnes en France chaque année, soit près de 1.700 par jour ! Alors, quelques dizaines de milliers de décès supplémentaires en 2020 et 2021 par rapport à 2019 est-ce beaucoup ? Alors, 120 à 150.000 décès de plus sur vingt-quatre mois glissants, est-ce beaucoup ? Fallait-il mettre le pays à l'arrêt ? Certains démographes, et pas des moindres, estiment que les personnes décédées l'ont été largement par anticipation de quelques mois. Notons au passage que la façon d'attribuer un décès à la COVID est assez floue.

La mise à l'arrêt abrupte du pays nous amène ensuite à la situation économique, financière et sociale. Les ministres de l'Economie et du Travail ont certes pris des mesures immédiates, fortes et apparemment adaptées. Mais il est apparu rapidement que la facture serait lourde, très lourde. La facture COVID s'élève désormais à plus de 500 milliards d'euros, les déficits s'accumulent, la dette représente 130 % du produit intérieur brut annuel (PIB), le chômage est remonté à 12 %, les faillites explosent, la pauvreté galope, les inégalités se creusent, la croissance promise patine. La question est désormais : qui va payer et quand ?

Enfin, sur la situation sécuritaire, l'impression générale est qu'elle échappe au Président. Le ministre de l'Intérieur multiplie les coups de menton, mais n'en déplaise au ministre de la Justice, le sentiment d'insécurité n'est plus un fantasme, mais une réalité. La criminalité monte. Certes, depuis que le proto-état islamiste a été démantelé en Irak et en Syrie, il n'y a pas eu d'attentats terroristes de masse comme cela s'est produit le 15 novembre 2015 au Bataclan. Mais régulièrement des assassinats terroristes islamistes sporadiques endeuillent l'actualité, de loin en loin, tous les quatre à six mois, ici un prêtre catholique dans son église, là un professeur devant son lycée, ailleurs une fonctionnaire dans son commissariat de police. La menace est toujours très élevée.

Plus largement, un sentiment de déclassement, de déclin, de perte de souveraineté, d'effondrement, domine. Une large majorité de

Français estime que la France n'est plus maîtresse de son destin.

Pour répondre à votre question, il faut aussi regarder les sondages. Et ces sondages nous disent depuis plusieurs semaines, qu'il y aura une abstention considérable, que « l'effet barrage » n'emportera plus la décision comme en 2017. La une de « Libération » : « Faites ce que vous voulez mais votez Macron », ça ne marche plus. Quelques indécis feront pencher la balance du côté du Président ou du côté de son adversaire.

Un grain de sable peut tout faire basculer, dans un sens ou dans un autre. Je dirais que la défaite du Président de la République, à cet instant, n'est pas encore assurée, mais qu'elle est possible. Après plus de quarante ans d'alternance, de droite, puis de gauche, puis de droite, puis de gauche, puis de « en même temps », les Français sont vaccinés et désormais sans illusion. Ils sont tentés d'essayer autre chose, certains disent « pour renverser la table ». Advienne que pourra. Verdict des urnes dimanche 22 mai à 20 heures ! »

Jour J moins deux

Jeudi 19 mai 2022, lever du jour, impasse Edvard Grieg – Le Havre

Quand l'imam ouvre le portail du parking de la mosquée turque Fatih Camii au Havre, il fait encore presque nuit. Il remonte dans son véhicule et se gare dans la cour. Il vient ouvrir la mosquée pour la prière du matin.

A peine débarqué, il entrevoit dans la clarté de l'aube naissante, de grandes inscriptions tagguées en bleu, en noir et en rouge sur la façade de la mosquée : « 732 Charles Martel sauve-nous ! », « Les Croisades reprendront ! », « Non à l'islamisation ! », « Catholicisme religion d'Etat ! », « Vive le Roy ! » « 1095 – 1492 » ... ainsi que des visages caricaturés du prophète Mahomet.

Son sang ne fait qu'un tour, il appelle immédiatement le 17 et demande à la police de venir constater la profanation.

En fin de matinée, le ministre de l'Intérieur, accompagné du maire du Havre et des autorités et représentants des différentes communautés de la ville, vient exprimer son soutien et sa solidarité aux fidèles. Il déclare devant un parterre de micros et de caméras que « ces odieuses insultes ne resteront pas impunies. »

Jeudi 19 mai 2022, 12 heures, Mosquée Sainte Sophie – Istanbul – Turquie

A la suite de la profanation du Havre, l'imam en chef de la mosquée Sainte-Sophie à Istanbul, prend exceptionnellement la parole en ce jeudi. Et il lance un véritable appel au djihad : « Les infidèles français ont commis l'irréparable. Ils ont sali la maison de Dieu. Ils doivent payer. Soldats de Dieu, partout où vous êtes, prenez les armes et vengez le Prophète. Attaquez partout les symboles de la France et de la Chrétienté. Prenez le contrôle de vos quartiers. L'heure est venue de créer un califat en France. »

Jorik Palatinier, qui est abonné au compte twitter de l'imam, reçoit le texte de l'appel sur son smartphone. Il attendra d'être seul dans sa chambre pour voir la vidéo sur la page Facebook de la mosquée Sainte Sophie.

Jeudi 19 mai 2022, 13 heures, boulevard de la Villette – Paris

Dans un élan œcuménique, emmenés par les cinq syndicats historiques, CFDT, CFTC, CGT, FO et CFE-CGC, la quasi-totalité des dirigeants syndicaux de France tient réunion, depuis le milieu de la matinée, au siège de la CFDT.

Après trois heures d'échange et de concertation, ils sortent en bloc du bâtiment et vont au-devant des journalistes. Tous se pressent pour être dans le champ des caméras. Le dirigeant de la CFDT prend la parole : « Devant le péril électoral imminent, nous, dirigeants des organisations syndicales professionnelles françaises, appelons sans délai tous les salariés des différents secteurs d'activités, tous les fonctionnaires, tous les salariés du secteur privé, et plus généralement tous les citoyens français à la grève générale illimitée. »

En effet, devant le résultat possible ou probable du second tour de l'élection présidentielle, accrédité par les résultats de la quasi-totalité des sondages de ces derniers jours, la fébrilité gagne dans le pays. Les grandes chaînes de télévision, et en tête celles d'information en continu, la presse nationale, la presse régionale, les hebdomadaires, les quotidiens, les journaux télévisés, ne traitent plus que de ce sujet.

<u>Jeudi 19 mai 2022, 15 heures, rue de Clichy, Paris – France</u>

De leur côté les organisations non gouvernementales et de solidarité et antiracistes, comme Médecins sans frontière, Médecins du Monde, Handicap international, Action contre la faim, Fondation Abbé Pierre, Croix-Rouge française, Emmaüs international, Ligue des droits de l'Homme, SOS racisme, Conseil représentatif des associations noires de France, etc., etc., se réunissent au siège de l'association Les Restaurants du Cœur. Elles rejoignent à l'unanimité le mouvement lancé par les syndicats.

Jeudi 19 mai 2022, 16 heures, place de l'hôtel de ville – Paris

Les principaux partis politiques de gauche, Europe Écologie-Les Verts (EELV), La France insoumise (LFI), Parti socialiste (PS), Parti communiste français (PCF), Génération.s et Place publique, pour ne pas être en reste et donner l'impression d'être à la remorque des autres organisations et des syndicats, se retrouvent en urgence à l'invitation de la maire de Paris. Et elles décident, elles aussi, d'appeler à la grève générale illimitée.

Jeudi 19 mai 2022, 17 heures 29, émission de France 5 « C à dire » – Paris

La présentatrice de « C à dire » reçoit son invitée, pour évoquer l'alerte rouge canicule que vient de lancer Météo France, ce jour à midi. Selon les prévisions, cet épisode devrait durer cinq jours, du vendredi 20 mai matin au mardi 24 mai au soir.

CàD : « Vous êtes journaliste spécialisée en météorologie, climat et environnement, vous intervenez régulièrement dans différents médias et réseaux sociaux. Citons votre dernier ouvrage « Mieux vivre avec le réchauffement climatique », aux Editions du Parasol, ainsi que votre blog et votre chaîne YouTube.

A quoi faut-il s'attendre ces prochains jours ? »

Invitée : « Pour commencer, je rappelle que la canicule est définie comme un niveau de très fortes chaleurs le jour et la nuit, et ce, pendant au moins trois jours consécutifs. La définition de la canicule repose donc sur deux paramètres : la chaleur et la durée, qui ne sont pas ressenties de la même manière selon la région de France dans laquelle on se trouve.

Ensuite, cet épisode s'inscrit dans la continuité de ceux que nous avons connus ces dernières décennies, 1976, 1983, 2003, 2006, 2015, 2018, 2019, 2020 et 2021. Ce qui est de plus en plus inquiétant, c'est que, désormais, cela revient chaque année et même souvent plusieurs fois par an. Et ces phénomènes sont accompagnés de multiples calamités connexes, qui ont des effets sur les humains, mais aussi les animaux, les végétaux, les bâtiments, la pollution, les réserves d'eaux, la consommation d'électricité.

Enfin, et pour répondre précisément à votre question, en ce qui concerne l'épisode que Météo France vient d'annoncer, un anticyclone va venir se positionner exactement sur la France, et aspirer des masses d'air très chaudes venues du Sahara. Nous aurons des pics à plus de 45°C dans plusieurs régions de France, à partir de demain matin, vendredi 20 mai et pour au moins cinq jours. De plus, la nuit, les températures ne descendront pas, dans la plupart des régions, en dessous de 30° C. Et ce pic va se produire alors que les catégories les plus fragiles de la population sont toujours durement éprouvées par la pandémie de la COVID 19 depuis maintenant plus de deux ans. »

Jeudi 19 mai 2022, 21 heures, ministère de l'Intérieur, place Beauvau – Paris

Devant l'accumulation et l'enchaînement des événements, tensions politiques, tensions communautaires, canicule, grève générale, multiples troubles à l'ordre public, le ministre de l'Intérieur décide d'activer le centre interministériel de crise (CIC). Bien lui en prend, l'avenir lui donnera raison. Il en rend compte immédiatement au Premier ministre et au Président de la République.

Pour l'heure, il l'active simplement en format ministériel, si la situation venait à s'aggraver, si la crise venait à perturber de façon significative le fonctionnement du pays, il passerait alors au stade supérieur, le format interministériel.

En ce début de soirée, une cinquantaine de hauts fonctionnaires, spécialistes de la défense et de la sécurité, va rejoindre le centre et armer ses trois cellules, décision, situation et communication, de manière à pouvoir fonctionner 24 heures sur 24.

A partir de 23 heures 30, des comptes-rendus remontent d'un peu partout en France, faisant état de feux de poubelles, de feux de voitures, de tirs de mortiers d'artifices contre des commissariats de police, des policiers en patrouille, des pompiers en intervention, des dégradations de gendarmeries, de casernes de pompiers, de prisons et autres centres de détention, de permanences d'élus, de bâtiments publics, mairies, crèches, écoles, collèges, lycées, bibliothèques, et même de quelques incendies d'églises, de temples, de synagogues, d'hôpitaux et de centres de tests et de vaccination COVID.

De tels événements arrivent toutes les nuits. Ce qui est inhabituel et inquiétant ce soir, c'est l'ampleur du phénomène. Tout le territoire national métropolitain et ultramarin est touché, non seulement les grandes villes avec leurs banlieues et leurs « quartiers », mais également les petites villes de province et les campagnes, habituellement plus tranquilles.

A 2 heures du matin, le chef du centre de crise rend compte de la situation au ministre par messagerie en joignant une carte de France constellée de points rouges. Tout ceci ressemble fort à un début d'émeutes insurrectionnelles. La situation ne semble pas avoir été aussi critique depuis l'embrasement et les émeutes de novembre 2005.

Jour J moins un

Vendredi 20 mai 2022, 8 heures, toutes communes de France

A l'heure habituelle où les administrations, les commerces, les entreprises ouvrent leurs portes, rien ne bouge. Dans toute la France, l'appel à la grève immédiate et illimitée semble avoir été largement entendu. Tout semble à l'arrêt. L'opération « France morte » vient de commencer.

Ici et là, dans le cercle restreint des hauts fonctionnaires, les interrogations sur l'attitude à adopter en cas de victoire de l'opposante principale du Président dimanche soir, commencent à agiter les consciences. Que faire ? Refuser d'obéir ? Démissionner collectivement ?

La curieuse sensation qui plane sur la France est accentuée par la vague de chaleur qui est en train d'arriver, conformément aux prévisions de Météo France. En ce début de journée, il fait déjà presque 30° C.

Vendredi 20 mai 2022, 11 heures, au large de Port-en-Bessin – Baie de Seine-Normandie

Le « Condor Le Havre » est à 80 kilomètres du port du Havre.

En raison de la fermeture du port du Havre, due à la grève générale pour une durée indéterminée, la compagnie Total SA, avec l'accord du CROSS de Jobourg, décide de laisser le navire au mouillage en baie de Seine-Normandie.

Le commandant du « Condor Le Havre » connaît de longue date les dockers du Havre, et sait de quoi ils sont capables. Il fait donc débarquer l'équipage par rotation héliportée depuis l'aéroport de Cherbourg. Avec ses hommes, il attendra dans un hôtel de la côte la suite des événements.

Ne restent à bord que deux personnes de permanence, le second capitaine Jorik Palatinier, qui s'est porté volontaire pour prendre le premier tour de quart, et un des cuisiniers philippins Manny Pagangpang. Les machines restent en marche au ralenti, pour fournir l'énergie nécessaire à la vie à bord, assurer la sécurité de soutes, et pour pouvoir repartir rapidement, en prévision d'un changement de destination pour le déchargement de la cargaison, si la grève venait à durer.

Le second capitaine reste donc à bord pour au moins 48 heures, jusqu'à sa relève en fonction du déroulement des opérations. Il a suivi l'actualité de ces dernières heures sur les réseaux sociaux, l'appel à la grève générale, les émeutes dans les quartiers, et, en particulier, l'épisode de la profanation de la mosquée turque du Havre, sa mosquée.

Vendredi 20 mai 2022, 23 heures, CIC, ministère de l'Intérieur, place Beauvau – Paris

Le ministre de l'Intérieur est présent en personne, il est accompagné du directeur général de la Gendarmerie nationale et du directeur général de la Police nationale. Est présent également un officier général, représentant spécial du chef d'état-major des Armées, expert en emploi des forces de troisième catégorie, au cas où les armées seraient requises, de façon exceptionnelle, pour des opérations de maintien de l'ordre, comme le prévoit le code de la défense. L'ambiance est lourde et surchauffée, au sens propre, comme au sens figuré. Depuis une demi-heure, il semble que le scénario de la veille soit en train de se reproduire. Il semblerait même que les émeutes insurrectionnelles fassent tache d'huile.

Le ministre est inquiet, car il ne dispose, pour rétablir et maintenir l'ordre, que d'une centaine d'escadrons de gendarmerie mobile (EGM) et d'une soixantaine de compagnies républicaines de sécurité (CRS). Et toutes ces unités sont désormais engagées sur tout le territoire. A part quelques unités spécifiquement dédiées à la lutte anti-terroriste, il n'a plus aucune réserve. Les armées apparaissent désormais, et plus que jamais, comme l'ultime recours, si la situation venait à s'aggraver encore.

Jour J – Heure H moins trois

<u>Samedi 21 mai 2022, 13 heures, à bord du « Condor Le Havre », au large de Port-en-Bessin – Baie de Seine-Normandie</u>

A la passerelle du « Condor Le Havre », les effets de la canicule se font sentir. Malgré la climatisation, on a l'impression de se trouver sous les tropiques, au point que les alarmes de température des soutes commencent à clignoter. Après 36 heures sous un soleil de plomb, la température de la cargaison de pétrole brut est montée à 35° C. Une forte odeur de goudron fondu, aux relents de naphtaline et de soufre, prend à la gorge.

Après avoir neutralisé, à l'aide de chloroforme trouvé dans l'armoire à pharmacie de l'infirmerie, le cuisinier Manny Pagangpang resté à bord avec lui, et l'avoir enfermé et ligoté dans sa chambre, le second capitaine Jorik Palatinier, en quelques minutes, remonte les quatre ancres de proue et de poupe.

Après avoir démonté le système d'identification automatique (SIA) du navire, qui permet de tracer les navires en temps réel à partir de stations terrestres, comme les centres régionaux opérationnels de surveillance et de sauvetage (CROSS), ou de satellites, mais en le laissant actif et alimenté par une batterie autonome, et l'avoir installé sur une bouée jetée à la mer, Jorik Palatinier lance le navire « en avant demi », au cap 106. Il a également passé par-dessus bord son smartphone désolidarisé de sa carte SIM, il n'en n'aura plus besoin pour les prochaines heures. Il a même pris soin de fermer tous ses comptes et autres applications sur les réseaux sociaux, Twitter, Instagram, Facebook et TikTok. Il sait que cela ne sert pas à grand-chose, mais cela retardera pour un temps les recherches.

Le « Condor Le Havre », tremblant de toutes les tôles de sa double coque, entame son parcours rectiligne vers la rade du Havre.

Jour J – Heure H moins deux

<u>Samedi 21 mai 2022, 14 heures, dans toutes les communes de France</u>

Toutes les organisations ont répondu aux appels lancés par les syndicats, les partis politiques de gauche et les organisations non gouvernementales. Dans la plupart des communes de France, des défilés sont organisés.

Depuis juin 2021, de telles manifestations sont organisées régulièrement par le parti « La France insoumise » « pour les libertés et contre les idées d'extrême droite », auxquelles se joignent la plupart des partis de gauche.

Regroupés devant les mairies, les cortèges s'ébranlent. Les slogans et les banderoles sont partout les mêmes : « L'extrême droite on n'en veut pas, le fascisme de passera pas ! » ... « Le RN on n'en veut pas, le fascisme ne passera pas ! », et même parfois, ici et là : « Ni LaREM, ni RN ! ».

Au Havre, le cortège regroupant plusieurs milliers de personnes, hommes, femmes et enfants, s'élance, malgré la canicule, de la place de l'Hôtel de ville dans une ambiance malgré tout bon enfant. Il est prévu de faire le tour de la ville, et de boucler la boucle, vers 16 heures 30-17 heures, en revenant du côté du port.

La journaliste responsable de la rédaction de l'antenne du Havre du journal Paris-Normandie, suit le cortège de sa ville.

Jour J – Heure H moins une

<u>Samedi 21 mai 2022, 15 heures, au large de Courseulles – Baie de Seine-Normandie</u>

Le « Condor Le Havre » est à 44 kilomètres du port du Havre.

A la barre de son bateau de pêche, Julien Rouzelle, patron du « Vaimalama », entouré de son équipage assiste médusé à une scène surréaliste. A quelques dizaines de mètres devant lui, un supertanker vient d'aborder violemment et d'envoyer par le fond un petit voilier de plaisance.

Il appelle aussitôt le CROSS de Jobourg sur le canal 16, 156,8 MHz, qui est la fréquence internationale de détresse, de sécurité et d'appel en radiotéléphonie pour les stations du service mobile maritime.

« CROSS de Jobourg, CROSS de Jobourg, ici le « Vaimalama ». Je suis à 15 miles marins dans le 360 de Courseulles, je viens de voir à l'instant le supertanker « Condor Le Havre » percuter un voilier qui a sombré immédiatement. Le « Condor Le Havre » poursuit sa route au cap

106 degrés à vive allure. Je ne vois personne à la passerelle. Je me porte au secours des plaisanciers. »

« Reçu « Vaimalama », vous êtes sûr de vous ? Sur mon écran radar, il est toujours à l'ancre dans le 360 de Port-en-Bessin. Merci de confirmer. »

« Ici « Vaimalama », je confirme, je confirme, c'est bien le « Condor Le Havre ». »

« Reçu « Vaimalama », il a dû larguer son SIA. Suivez-le en restant derrière lui au contact visuel en sécurité, en attendant l'arrivée des secours. »

Le second-maître Pierre Joussio, de quart au CROSS de Jobourg, visualise la position du « Vaimalama » sur son écran radar de surveillance du trafic maritime en centre-Manche. Il apparaît clairement que le « Condor Le Havre » se dirige à 15 nœuds sur Le Havre. Il appelle presque en criant son chef de quart : « Capitaine, capitaine, je crois que l'on a un problème, vous devriez venir voir cela. »

Marie Bihanet, l'officier de première classe des affaires maritime qui assure la fonction d'officier de quart au CROSS depuis ce matin, comprend immédiatement la gravité de la situation : « Essayez de contacter le « Condor Le Havre ». »

Le second-maître Pierre Joussio s'exécute en utilisant l'indicatif radio international d'appel du « Condor Le Havre » : « Fox juliet yankee golf, ... identifiez-vous ? ... Fox juliet yankee golf, ... identifiez-vous ?».

Le « Condor Le Havre » ne répond plus !

L'officier des affaires maritime Marie Bihanet se rend à l'évidence : « OK, on lance une procédure code rouge. »

Et sans perdre une seconde de plus, elle transmet l'alerte à la Préfecture maritime de Cherbourg et à la capitainerie du port du Havre. Elle réquisitionne également, d'une part, la vedette des douanes « Léopard », d'astreinte au port du Havre, pour relever le bateau de pêche « Vaimalama », et d'autre part, l'hélicoptère Dauphin de la station de pilotage du Havre, pour préparer l'intervention et le probable assaut à venir des forces de sécurité. Enfin, elle alerte la vedette « search and rescue » (SAR) « Amiral Tourville » des sauveteurs en mer prépositionnée à Barfleur, pour secourir les passagers du voilier coulé.

De son côté, le second-maître Pierre Joussio diffuse sur le canal 16 un message de vigilance à l'attention de tous les navires croisant ou à l'ancre en baie de Seine-Normandie, entre Courseulles et Le Havre.

Samedi 21 mai 2022, 15 heures 05, au large de Courseulles – Baie de Seine-Normandie

Le second capitaine du « Condor Le Havre » ne s'est même pas aperçu qu'il vient de couler un plaisancier. Mais il a suivi les échanges radio entre le « Vaimalama » et le CROSS de Jobourg, et se sait désormais repéré et suivi. Il calcule qu'il lui reste environ une heure pour tout mettre en place pour atteindre son but.

Sur l'écran de contrôle, il vérifie la vitesse du navire qui vient d'atteindre 15 nœuds, soit environ 28 kilomètre par heure. Il place alors la manette de commande de la vitesse à fond, sur « en avant toute », poussant ainsi les machines à leur puissance maximale. Dans un tremblement infernal, le hurlement des six moteurs Wartsila s'entend jusqu'à la passerelle. Les 22.000 chevaux font littéralement couiner les arbres de transmission et les hélices.

Samedi 21 mai 2022, 15 heures 10, Vélizy-Villacoublay – Département des Yvelines

L'alerte, après avoir transité par la cellule de crise du ministère de l'Intérieur et le centre opérations du ministère des Armées, arrive au groupe d'intervention de la gendarmerie nationale (GIGN) et au groupe interarmées d'hélicoptères (GIH) relevant du commandement des opérations spéciales (COS), tous les deux stationnés sur la base aérienne 107 de Vélizy-Villacoublay.

Par chance, les deux hélicoptères Caracal d'alerte flash du GIH appartiennent à l'aéronavale, et leurs pilotes, les lieutenants de vaisseau Dominique Kernavaleau et Patrick Moguanini ont plusieurs interventions extérieures à leur actif, et sont rompus au poser d'assaut sur les bâtiments à la mer dans toutes les conditions.

Le lieutenant Nicolas Levescle chef du peloton d'alerte du GIGN, lui, vient de prendre sa première alerte. Sorti de l'école des officiers de la gendarmerie nationale (EOGN) en juillet dernier, il a terminé la semaine dernière son cycle de qualification et toutes les épreuves de sélection. Dans la touffeur de cet après-midi caniculaire, il embarque avec ses hommes dans les deux Caracal déjà prêts à décoller. Pour le moment, ils savent juste qu'ils vont intervenir en Baie de Seine-Normandie pour reprendre le contrôle d'un supertanker pétrolier tombé aux mains de terroristes, et qui apparemment fonce vers le port du Havre. Ils ont pris l'équipement habituel pour ce genre d'intervention, armement individuel courte et moyenne portées, radios, combinaisons ignifugées noires, casques et masques à gaz, musettes avec explosifs, fumigènes et autres petits matériels. Lui, son adjoint et ses chefs d'équipe sont dotés de tablettes numériques cryptées qui leur permettront d'être briefés par leur autorité et les différents intervenants, pendant l'heure que durera leur mise en place héliportée.

Les préfectures de la région, le président de la région Normandie, les présidents des départements du Calvados et de la Seine-Maritime, tous les maires des communes du littoral de Port-en-Bessin à Etretat qu'on a réussis à joindre sont également informés des événements en cours.

Le ministre a donné son aval pour mettre l'agence France-Presse (AFP) dans la boucle, avant que l'information ne fuite. Quelques minutes plus tard, une dépêche faisant état de l'action en cours tombe dans toutes les salles de rédaction.

<u>Samedi 21 mai 2022, 15 heures 15, Palais de l'Elysée – Paris</u>

L'officier de permanence de l'état-major particulier de la Présidence de la République (EMP-PR), le colonel Jean-Marie de Langellais frappe à la porte du Président de la République qui travaille dans son bureau. Compte tenu des circonstances particulières, il a préféré venir plutôt que de téléphoner au Président : « Monsieur le Président, un supertanker hors de contrôle et chargé de 160.000 mètres cubes de pétrole brut fonce à pleine vitesse sur le port du Havre. A l'heure qu'il est, il s'en trouve à une quarantaine de kilomètres. Il est probablement aux mains d'un ou de plusieurs terroristes qui ne se sont pour l'instant pas manifestés. Le GIGN décolle de Villacoublay, il sera sur place vers 16 heures, le pétrolier ne sera plus alors qu'à une vingtaine de kilomètres du Havre. Il ne lui restera alors que peu de temps pour intervenir. Je vous invite, Monsieur le Président, à venir suivre la situation en salle de crise. »

Sur l'écran géant de la salle de crise de l'Elysée est affichée la carte de la baie de Seine-Normandie entre Saint-Vaast-la-Hougue et Le Havre. Un logiciel GPS, adapté au trafic maritime, permet de suivre la route de tous les types de navires, tankers, porte-conteneurs, ferries, plaisanciers, pêcheurs, militaires et autres. Au centre de l'écran, la petite flèche bleue qui matérialise le bateau de pêche « Vaimalama », qui suit toujours le « Condor Le Havre », fonce clairement sur Le Havre à grande vitesse.

Géraud Février, le conseiller spécial « terrorisme » du Président de la République, tout frais émoulu de la dernière et ultime promotion de l'ENA, est présent et tient bien serré sous son bras le dossier « prospective terrorisme ». Il n'est en poste que depuis quelques semaines, mais il a eu le temps d'ingurgiter toute la littérature dont l'Elysée dispose sur le sujet. Dans le sous-dossier « terrorisme maritime », il vient juste de relire le compte rendu « RETEX » de l'exercice de contre piraterie, ou de contre terrorisme, joué dans le Golfe d'Aden le 2 mai dernier en présence de la ministre des Armées. L'amiral auteur de la fiche est très clair. Il indique, que dans ce genre d'intervention, on finit tôt ou tard par « neutraliser » les terroristes, mais qu'il y a un trou conséquent dans la raquette. En effet, au-delà d'un certain moment, il n'est plus possible d'arrêter un grand navire lancé à pleine vitesse quand il s'approche de la côte, quelle que soit sa cargaison. On n'arrête pas un TGV lancé à 500 kilomètres par heure comme on arrête un vélo Solex. Ce cas de figure ne s'est encore jamais présenté. Le jour est peut-être venu. Géraud Février glisse en ce sens quelques mots à l'oreille du Président qui acquiesce gravement.

Une catastrophe majeure semble, quoiqu'il arrive, difficilement évitable. Le naufrage du pétrolier « Torrey Canyon » en 1967, qui a souillé les côtes britanniques et françaises en déversant les 119.000 tonnes de brut qu'il transportait, est dans tous les esprits.

<u>Samedi 21 mai 2022, 15 heures 30 – Baie de Seine-Normandie</u>

Thierry Marckhan et Nicole Brunettisse, pilote et copilote de l'hélicoptère Dauphin de la station de pilotage du Havre arrivent en vue du « Condor Le Havre », avec la plus grande prudence. En effet, la plus grande crainte des autorités c'est que le, ou les terroristes, soient armés de missiles portatifs sol air très courte portée (SATCP), consigne leur a donc été donnée de rester à distance raisonnable.

Après avoir fait un tour complet du navire, ils rendent compte de leurs observations : « CROSS Jobourg ici Dauphin, vous confirme aucun signe de vie à la passerelle, « Condor Le Havre » au cap 106 à 20 nœuds, avons pris la relève du « Vaimalama ». »

Samedi 21 mai 2022, 15 heures 55, au large du Havre – Baie de Seine-Normandie

La vedette de 12 mètres garde-côte des douanes « Léopard », commandée par le contrôleur de première classe Jean Geulais, arrive sur zone : « CROSS Jobourg, ici vedette « Léopard », vous confirme « Condor Le Havre » toujours au cap 106 et maintenant à 25 nœuds. »

Jour J – Heure H

Samedi 21 mai 2022, 16 heures – au large du Havre

Le « Condor Le Havre » va dans quelques minutes atteindre sa vitesse maximale. Le navire d'un poids total en charge d'environ 200.000 tonnes foncera alors à près de 30 nœuds, soit environ 55 kilomètres par heure, ou encore de 15 mètres par seconde. Le port du Havre, à une telle allure, sera atteint dans environ une demi-heure. Dans ses cales, les 160.000 mètres cubes de pétrole brut, surchauffés par deux jours de canicule, sont maintenant complètement liquides.

Pendant le temps dont il dispose encore, le second capitaine Jorik Palatinier ne reste pas inactif. Il se doute qu'une intervention est en préparation. Il entend et il a vu un hélicoptère qui tourne autour de lui et qui l'a pris en chasse depuis une demi-heure. Mais il lui reste le temps d'accomplir un certain nombre de choses pour mener à bien son funeste projet.

Il commence par vérifier que le pilote automatique est bien verrouillé sur le cap 106, qui mènera le « Condor Le Havre » en droite ligne jusqu'au port du Havre, avant de couper les câbles d'alimentation de son écran. Il démonte le stick de la commande de gouvernail et la jette par la fenêtre par-dessus bord. Ces organes étant neutralisés, il est désormais impossible de modifier la route du navire. Pour bien faire, il déconnecte tous les autres écrans de contrôle de la passerelle.

Enfin, il descend dans la salle des machines, où de la même manière, il neutralise tous les écrans de contrôle, et désactive les arrêts d'urgence mécaniques, électriques et électroniques des moteurs. Il est désormais impossible de modifier la vitesse du navire.

Le « Condor Le Havre » est désormais lancé sur des rails. Rien ni personne ne pourra plus l'arrêter ou modifier sa route pendant la demi-heure qui vient.

Il sait également que la marée lui est favorable. Dans quelques minutes, à 16 heures 20, la marée sera haute, très haute, une grande marée d'un coefficient de 105. La hauteur d'eau atteindra alors 8 mètres 12, presque un record. Mais surtout, cette marée très haute sera suivie à 22 heures 10, par une marée très basse de 80 centimètres de hauteur d'eau, ce qui aura pour effet d'accélérer la diffusion de la marée noire dans toute la baie de Seine, probablement et avec l'aide des courants, jusqu'à la zone naturelle protégée.

Il aperçoit maintenant à l'œil nu de plus en plus nettement, malgré la brume de chaleur qui fait vibrionner l'air, la ville du Havre qui se rapproche de plus en plus vite.

Samedi 21 mai 2022, 16 heures 05 – Le Havre

Le cortège des manifestants marche maintenant depuis un peu plus d'une heure. En raison de la température extrême, les organisateurs ont réduit le parcours. Il a rejoint le front de mer et sa tête arrive par le boulevard Clémenceau, à hauteur de l'anse des Régates, et se trouve donc à environ 1.000 mètres de la capitainerie du port, située quai des Abeilles.

La journaliste du Paris-Normandie–Le Havre s'inquiète. Elle a reçu la dépêche de l'AFP sur son smartphone à 15 heures 30. Elle s'inquiète car, pour l'instant, rien n'a l'air de perturber la manifestation alors qu'une menace plane sur le Havre. Elle a passé quelques coups de téléphone, au commissariat, à la mairie, à la direction du port, à la rédaction du Paris-Normandie–Le Havre, son journal, mais dans le brouhaha des sifflets, des slogans, de la musique, elle n'arrive pas à savoir où se trouve le « Condor Le Havre », ni si la menace est bien prise au sérieux.

<u>Samedi 21 mai 2022, 16 heures 08 – au large du Havre</u>

Le « Condor Le Havre » laisse sur son bâbord les zones d'attente numéro 1 et 2 où les navires prennent leur tour d'entrée dans les installations portuaires. En ce deuxième jour de grève générale et de fermeture du port, les navires à l'ancre sont nombreux. Le « Condor Le Havre » entre dans la bande d'accès au port.

Samedi 21 mai 2022, 16 heures 10 – au large du Havre

Le « Condor Le Havre » est à moins de 20 kilomètres du port du Havre.

Après une heure de vol, les deux hélicoptères Caracal de l'aéronavale arrivent en visuel du « Condor Le Havre ». Pendant le trajet, lieutenant Nicolas Levescle s'est concerté avec son adjoint, ses chefs d'équipe et les deux pilotes. Il a décidé de faire un bref posé sur la côte aux environs de Dives-sur-Mer, pour réorganiser le groupe d'intervention du GIGN. Il prend place avec l'élément qui mènera l'assaut dans le Caracal alpha, et laisse son adjoint avec les tireurs d'élite qui appuieront la manœuvre dans le Caracal bravo.

Pendant cette heure de transport, les autorités ne sont pas non plus restées inactives. Elles ont centralisé un certain nombre d'informations essentielles qui ont été retransmises au groupe d'intervention du GIGN qui va mener l'action dans quelques minutes.

On sait par le CROSS Jobourg, suite au débarquement d'une partie de l'équipage la veille, vendredi 20 mai en fin de matinée, qu'il ne reste à bord que deux personnes, le second capitaine français Jorik Palatinier et un cuisinier philippin Manny Pagangpang.

On sait par société Total SA, que dans la chambre du commandant se trouve de l'armement léger, enfermé dans un conteneur armurerie, dans le cadre de la lutte anti-piraterie. Il contient cinq fusils à pompe de calibre 12, cinq pistolets automatiques de calibre 9 mm, avec plusieurs centaines de munitions, vingt gilets pare-balles, mais aussi des artifices réglementaires comme des fusées de détresse.

On sait par le traçage de son téléphone, que Jorik Palatinier, même s'il n'a pas encore de lien avéré avec un groupe ou une organisation terroriste, fréquente depuis quelques mois la mosquée turque du Havre.

On sait par l'étude de son dossier administratif, que son défunt père était de nationalité turque.

On connaît ses parcours personnel, académique et professionnel, et on connaît donc ses compétences et ses aptitudes.

L'hélicoptère de la station de pilotage du Havre prend contact avec les deux Caracal qui transportent le détachement du GIGN : « Caracal ici Dauphin, vous confirme présence aire de poser sur moitié avant sur tribord. Aucun mouvement observé sur le pont et à la passerelle depuis une demi-heure. Je reste en stationnaire en observation dans le trois-quarts arrière tribord. »

Samedi 21 mai 2022, 16 heures 12, au large du Havre

De leur côté aussi, les chaînes de télévision en continu BFM-TV, C-News, LCI, et autre France Info se sont organisées. Elles ont eu le temps d'affréter des d'hélicoptères pour leurs journalistes et leurs caméramans. On va pourvoir assister à la neutralisation en direct des terroristes, comme cela avait été le cas en janvier 2015, à Paris, lors de la prise d'otages du magasin « Hyper-Cacher ».

Le second capitaine Jorik Palatinier a bien remarqué ce ballet d'hélicoptères autour de son navire. Il a été tenté de tirer des fusées de détresse ou des coups de fusil à pompe sur eux, mais il s'est ravisé. Il sait que le temps lui est compté, il sait que les forces de sécurité vont bientôt intervenir pour le capturer, et peut-être même le « neutraliser », selon la terminologie officielle. Le « Condor Le Havre » étant désormais sur ses rails, il retourne dans sa chambre pour faire une dernière prière et vénérer le Tout-Puissant.

<u>Samedi 21 mai 2022, 16 heures 13 – au large du Havre</u>

Comme convenu le Caracal bravo vient se positionner dans le trois-quarts arrière bâbord du « Condor Le Havre ». Les tireurs d'élite prennent position à la porte latérale tribord grande ouverte. Dans les lunettes de précision de leurs fusils Accuracy-7.62, ils balayent les fenêtres de la passerelle. Le pilote, lieutenant de vaisseau Dominique Kernavaleau annonce sur la fréquence radio du GIGN : « Caracal bravo en place. Passerelle claire ».

De son côté, et pendant ce temps-là, le lieutenant de vaisseau Patrick Moguanini, aux commandes du Caracal alpha, a décrit un cercle autour du « Condor Le Havre » pour s'assurer une dernière fois que la zone est claire. Personne en vue, pas de tireur embusqué, et a priori, pas de poste de tir de missile déployé. Il arrive à hauteur de la partie avant du navire, et se pose sur la zone dédiée à l'appontage, un grand « H » blanc qui se détache sur un rond vert sur le pont orange.

Aussitôt, le lieutenant Nicolas Levescle et ses hommes débarquent et remontent le pont jusqu'au château du navire dans lequel ils entrent sans difficulté. Pendant le vol depuis Villacoublay, ils ont eu le temps d'étudier et de mémoriser les plans du navire transmis sur leurs tablettes numériques cryptées. Ils se séparent alors en trois escouades de quatre hommes, l'une descend dans le compartiment machines, l'autre part vers les locaux de vie courante, chambres et cuisines, et la dernière, dont le lieutenant Nicolas Levescle prend la tête, monte à la passerelle. La fouille du navire commence.

Samedi 21 mai 2022, 16 heures 18 – devant le port du Havre

Lancé à pleine vitesse, le « Condor Le Havre » entre dans le chenal d'accès au port, large de 300 mètres de large et orienté au cap 106. Il laisse sur son tribord la zone d'attente des navires numéro 3. Le pilote automatique du navire a parfaitement rempli son rôle. Il reste huit minutes avant d'arriver sur le port. La fouille du navire continue.

Samedi 21 mai 2022, 16 heures 20 – devant le port du Havre

Dans la chaleur torride et étouffante, les gendarmes se sont rendus maître du navire. Les comptes-rendus radio arrivent au lieutenant Nicolas Levescle : « Echo unité, rien à signaler dans la salle des machines, impossible de couper les moteurs », « Echo deux, neutralisation cible unité et cible deux, aucune résistance opposée ». Il accuse réception : « Echo unité, écho deux, reçu ». La fouille du navire est terminée.

De son côté, le lieutenant Nicolas Levescle a achevé l'inspection de la passerelle. Il a malheureusement constaté que tous les écrans de contrôle sont éteints et neutralisés, que la manette de commande du gouvernail et le transmetteur d'ordres aux machines ont été démontés. Seules les alarmes de température des soutes de pétrole brut fonctionnent encore et crachent leurs « tut ... tut ... tut ... » assourdissants sans discontinuer.

Le « Condor Le Havre » est littéralement hors de contrôle. De toutes les manières, il est bien trop tard pour espérer stopper ou même ralentir le navire, ou encore le dévier de sa trajectoire programmée. Et même si cela avait été encore possible, mettre les moteurs « en arrière toute » ou la barre « à bâbord toute » n'aurait pas évité le naufrage à la côte. Par ailleurs, même si les remorqueurs du port du Havre n'avaient pas été indisponibles à cause de la grève des équipages, ils n'auraient pas été capables de dévier une telle masse lancée à une telle vitesse. Il faut donc se rendre à l'évidence, il n'y a plus rien à faire.

Il commande alors à ses escouades : « Echo unité, écho deux, décrochage et regroupement sur l'aire d'appontage », il prévient également le lieutenant de vaisseau Patrick Moguanini : « Caracal alpha, décrochage deux minutes ». Tous les hommes du GIGN quittent le château et regagnent le pont avec leurs deux interpellés, et se dirigent vers la proue du navire. Le « Condor Le Havre », lui, désormais inarrêtable, fonce toujours sur le port du Havre.

Samedi 21 mai 2022, 16 heures 25 – entrée du port du Havre

Le Caracal alpha se pose à nouveau sur l'aire dédiée, et enlève le lieutenant Nicolas Levescle, ses hommes, le second capitaine Jorik Palatinier et le cuisinier philippin Manny Pagangpang.

L'intervention du GIGN à bord du « Condor Le Havre » est terminée. Elle a duré moins d'un quart d'heure. Une intervention toute en souplesse. Aucune résistance n'a été opposée. Pas un coup de feu n'a été tiré.

A l'instant même où les roues de l'hélicoptère quittent le pont, la coque du « Condor le Havre » frotte contre l'extrémité du môle Sud de la passe de l'entrée du port. Une fissure de 200 mètres se forme et fragilise le navire sur pratiquement toute sa longueur.

Les deux Caracal, en formation serrée, virent au cap 360 pour aller effectuer un ravitaillement en kérosène à l'aérodrome du Havre-Octeville distant de cinq kilomètres avant de rentrer sur Villacoublay.

<u>Samedi 21 mai 2022, 16 heures 26, quai des Abeilles – port du Havre</u>

Le « Condor Le Havre » se crashe au pied la capitainerie. L'épaisseur de la tôle de sa double coque ne suffit pas, elle s'ouvre comme une vulgaire boîte de conserve. Surchauffée à plus de 40° C depuis plus de 36 heures, la cargaison de pétrole brut liquide et chaude commence à se déverser à gros bouillons dans le bassin de la Manche. Propulsées par leur énergie cinétique et soulevées par la grande marée, les 200.000 tonnes du navire lancées à 15 mètres par seconde escaladent le terre-plein de la Barre.

<u>Samedi 21 mai 2022, 16 heures 27, chaussée John Fitzgerald Kennedy – port du Havre</u>

L'alerte est enfin arrivée jusqu'au cortège. La mairie a fait sonner toutes les sirènes de la ville. Les organisateurs et le service de sécurité ont réussi à faire évacuer la quasi-totalité des manifestants par les rues de la Mailleraye et Michel Yvon, mais quelques curieux et badauds, intrigués par le ballet d'hélicoptères au-dessus du port, traînent encore sur l'esplanade du Musée André Malraux.

La journaliste du Paris-Normandie–Le Havre a réussi à monter en salle de contrôle de la capitainerie, où elle a rejoint le directeur du port qu'elle connaît bien pour faire régulièrement des reportages sur les activités portuaires. Perchée à cinquante mètres d'altitude, elle a assisté à la jumelle aux dernières minutes de l'intervention du GIGN.

Elle voit la proue du navire, dans le hurlement des tôles froissées, venir mourir et s'encastrer au pied de la capitainerie. Elle voit la vague de pétrole brut se déverser par les flancs béants et se répandre sur les côtés du « Condor Le Havre ». Vers la gauche jusqu'au pied de la sculpture « Le signal » de Henry-Georges Adam devant le musée d'art moderne André Malraux, venant engluer, tels des pingouins sur la banquise, les derniers manifestants du cortège. Vers la droite dans le bassin de la Manche. Vers l'avant, sur la chaussée John Kennedy. Elle sent les effluves écœurantes de pétrole brut arriver jusqu'à elle. Les hélicoptères affrétés par les chaînes d'info en continu, telle une nuée de frelons, tournent autour de la capitainerie. Le crash a eu lieu en direct.

Dans le lointain, elle entend les sirènes des camions de pompiers qui s'approchent pour intervenir.

Samedi 21 mai 2022, 16 heures 45, dans les « quartiers » – France

Comme une traînée de poudre qui s'enflamme, une sinistre et cynique clameur monte. Cette clameur, personne n'en parle jamais, ni les autorités, ni les médias, de peur de monter plus encore les communautés les unes contre les autres. Cette habitude s'est prise le 11 septembre 2001, lors des attentats de New-York.

Et elle se répète de loin, à chaque attentat terroriste islamiste.

Pour la rédaction de Charlie Hebdo, massacrée le mercredi 7 janvier 2015 à Paris.

Pour le Bataclan, attaqué le vendredi 13 novembre 2015 à Paris.

Pour le Père Jacques Hamel, égorgé dans son église de Saint-Étienne-du-Rouvray, le mardi 26 juillet 2016.

Pour le professeur Samuel Paty, décapité dans la rue, à la sortie de son collège du Bois-d'Aulne, le vendredi 16 octobre 2020 à Conflans-Sainte-Honorine.

Pour la fonctionnaire Stéphanie Monfermé, égorgée dans son commissariat de police, le vendredi 23 avril 2021.

Cette fois-ci, samedi 21 mai 2022, pas d'assassinat au couteau ni par armes automatiques, mais quelques noyés et un préjudice environnemental majeur.

De son côté, l'opposante principale du Président twitte : « Ce supertanker pétrolier est la juste et effroyable allégorie du « supertanker France », dont le commandant ne contrôle plus rien du tout, et qui, tel un « Titanic », fonce toujours plus vite vers son iceberg !!! « Make chaos always bigger » ???»

Jour J – Heure H plus une

<u>Samedi 21 mai 2022, 17 heures – Cherbourg-en-Cotentin, Rouen, Caen</u>

Au vu des événements catastrophiques, le préfet maritime de la Manche et de la Mer du Nord, et les préfets des départements de la Seine-Maritime et du Calvados, après en avoir informé les ministres de l'Intérieur et de l'Ecologie, déclenchent respectivement les procédures « Polmar mer » et « Polmar terre », et commencent à lancer les actions de lutte contre la marée noire.

Jour J – Heure H plus deux

<u>Samedi 21 mai 2022, 18 heures – Baie du Havre</u>

Le Président de la République, accompagné des ministres de l'Intérieur et de l'Ecologie, survole la zone et ne peut que constater les dégâts. Dans l'hélicoptère qui les emmène au-dessus la rade du Havre, la ministre de l'Ecologie lui glisse un petit papier sur lequel elle a écrit : « sauf erreur de ma part, avec 160.000 mètres cubes, on peut recouvrir 16 kilomètres carrés de un centimètre de pétrole brut. »

Dans la baie du Havre, pas colonies de manchots empereurs, pas d'ours blancs, pas de parcs à huîtres, mais une zone naturelle protégée, sur laquelle commence à arriver la vague noire et gluante.

Devant une telle désolation, dont les images tournent en boucle sur tous les écrans de télévision de France et du monde, le Président de la République réalise l'ampleur de la catastrophe. Il comprend alors qu'il vient de perdre le second tour de l'élection. Et il enrage. Dans la moiteur de l'habitacle du Super Puma, le visage défait du Président dégouline de grosses gouttes de sueur, sa chemisette blanche trempée lui colle au dos et à la poitrine. Il enrage, car il restera, comme ses deux prédécesseurs, Nicolas Sarkozy et François Hollande, un Président qui a échoué à se faire réélire.

<u>Samedi 21 mai 2022, 23 heures, centre interministériel de crise, ministère de l'Intérieur, place Beauvau – Paris</u>

En cette troisième nuit consécutive d'émeutes, le scénario de la veille se reproduit. Dans certains endroits, la situation s'aggrave.

Ici et là, dans les « quartiers » les mieux organisés, là où les « bandes » sont les mieux structurées, les policiers et les gendarmes assistent à de curieuses scènes. Comme le font parfois les trafiquants de drogue, comme par exemple dans la cité des Rosiers, dans les quartiers Nord de Marseille, des barrages sont montés avec des carcasses de voitures calcinées et des encombrants. Ce sont de véritables « checkpoints » qui sont installés aux carrefours et sur les grands axes de pénétration de certains « quartiers ». Les armes sortent des caves et de véritables milices s'affichent avec leurs armes automatiques Kalachnikov.

Un peu partout, la création d'autant de petits « califats » commence à prendre forme, répondant ainsi à l'appel de l'iman de la mosquée Sainte Sophie d'Istanbul.

Le ministre de l'Intérieur propose au Président de réagir, il lui suggère de décréter l'état d'urgence, ou même, l'état de siège. Mais le Président a les mains liées. Il ne peut pas prendre de telles mesures alors que les Français sont appelés aux urnes demain. Il serait immédiatement accusé d'entraver le processus démocratique.

Jour J plus un

<u>Dimanche 22 mai 2022, 6 heures, Tribunal de Paris, quartier des Batignolles – Paris</u>

Depuis plusieurs heures, le second capitaine du « Condor Le Havre » est en garde à vue dans les locaux du parquet national antiterroriste (PNAT) auquel il a été remis par les gendarmes du GIGN dès leur retour de Normandie. Les juges, les enquêteurs, les psychologues spécialisés du parquet cherchent à savoir comment et pourquoi un Français, né en France, avec un parcours jusque-là exemplaire a pu se radicaliser et commettre un tel acte, dont le monde entier a été le témoin en direct hier, sur toutes les chaînes de télévision.

Il est prévu que le procureur de la République antiterroriste tienne une première conférence de presse en fin de matinée, pour faire le point de la situation.

<u>Dimanche 22 mai 2022, 8 heures, dans toutes les communes de France</u>

En ce troisième jour de canicule, les bureaux de vote ouvrent. Sous le spectre de la menace terroriste, de crise environnementale majeure, sur fond d'abstention record, de tensions de tous ordres, les Français élisent leur prochain Président de la République.

<u>Dimanche 22 mai 2022, 11 heures, Tribunal de Paris, quartier des Batignolles – Paris</u>

Dans la salle de conférence de presse du tribunal, le procureur de la République antiterroriste fait un point d'étape sur l'enquête :

« Le macabre parcours du second capitaine du supertanker « Condor Le Havre » Jorik Palatinier a commencé hier samedi 21 mai à 13 heures au large de Port-en-Bessin, et s'est terminé par le naufrage du navire au pied de la capitainerie du port du Havre à 16 heures 30.

Au cours de ce périple et à l'heure où je vous parle, Jorik Palatinier s'est rendu directement responsable de la mort de neuf personnes. D'une part six plaisanciers, trois couples de retraités résidant dans la commune de Barfleur, morts noyés dans le naufrage de leur voilier éperonné à 15 heures au large de Courseulles, et d'autre part un couple de Havrais et leur bébé de six mois, retrouvés dans le bassin de l'anse de Joinville ce matin à l'aube, noyés dans une nappe de pétrole brut.

A l'occasion du naufrage, il s'est également rendu volontairement responsable du déversement de quelque 160.000 tonnes de pétrole brut dans le port et la baie du Havre, provoquant ainsi des dégâts environnementaux irrémédiables.

Il apparaît que Jorik Palatinier, qui avait eu jusque-là un parcours citoyen et un parcours professionnel exemplaires, a embrassé, il y a quelques mois la religion musulmane, puis soudainement, il y a quelques jours, s'est tourné vers le radicalisme islamiste. Ces choix sont vraisemblablement dus principalement à la découverte de son ascendance paternelle turque.

L'examen de ses différents profils sur les réseaux sociaux, qu'il a bien pris soin de fermer avant d'entamer sa course folle, mais que nous avons pu réactiver, laisse à penser qu'il n'est peut-être pas non plus resté insensible à des appels venus de l'étranger. En effet, l'étude de l'historique de son profil Facebook révèle qu'il a consulté régulièrement le site de la mosquée Sainte Cécile d'Istanbul, et qu'il a visionné ces derniers jours plusieurs fois les prêches de son imam. Nous savons également qu'il fréquentait régulièrement la mosquée turque du Havre depuis quelques mois. Il a débarqué seul lors de l'escale rapide du « Condor Le Havre » à Alexandrie pour effectuer quelques achats, mais nous n'avons pas pu le tracer, car il a laissé son IPhone à bord.

Il est pour l'heure impossible d'établir si son geste funeste est prémédité de longue date, ou bien s'il l'a formé au dernier moment, par opportunité, quand il s'est retrouvé seul avec un cuisinier philippin sur le « Condor Le Havre », il y a quarante-huit heures, à partir du vendredi 20 mai vers midi. Nous savons qu'il s'est inscrit, avant son embarquement, au triathlon de Deauville qui a lieu le dimanche 29 mai. Lors de la perquisition de son appartement au Havre, un Coran a été retrouvé, mais là, pas de signes manifestes et ostensibles d'une radicalisation.

Le suspect, qui ne coopère pas, ne l'a pas encore confirmé, ni infirmé. Il ne semble pas avoir, dans la préparation et l'exécution de ses actes, bénéficié d'une quelconque complicité. Il semble donc entrer dans la catégorie des terroristes islamistes dits « surgissants », c'est-à-dire agissants seuls et sans signes avant-coureurs. Peut-être a-t-il agi en réaction épidermique aux attaques récentes contre sa nouvelle communauté ?

Quoi qu'il en soit, pour la commission de ces actes, à ce stade des investigations et au vu de l'ensemble des éléments recueillis, tout indique que je pourrai, en conséquence, prononcer à l'encontre de Jorik Palatinier une inculpation de crimes terroristes et de crime d'écocide à visée terroriste, au terme de la durée légale de sa garde à vue. »

Dimanche 22 mai 2022, 12 heures, ministère de l'Intérieur – Paris

Le porte-parole du ministère communique le taux de participation enregistré en fin de matinée : 19,87%. Il est en net recul par rapport à celui de 2017, qui était à cette heure-là de 28,23 %. Presque 10 points de moins.

Dimanche 22 mai 2022, 17 heures, ministère de l'Intérieur – Paris

Le porte-parole du ministère communique le taux de participation enregistré en fin d'après-midi : 41,29 %. Il est en net recul par rapport à celui de 2017, qui était à cette heure-là de 65,30 %. En cinq heures, le recul est passé à presque 15 points, du jamais vu !

Dimanche 22 mai 2022, 18 heures, dans toutes les communes de France

Le dépouillement commence dans les communes rurales. Dans le petit village de Sainte-

Magdelaine-le-Tocsin, qui compte 468 électeurs inscrits, et qui est « la référence » en matière électorale, l'ambiance est fébrile. En effet, ici, depuis toujours, les résultats sont l'exact reflet, à la virgule près, des résultats au plan national. On se sait scruté par tous les médias, dont nombre de journalistes sont présents sur place.

Et cette fois-ci, à Sainte-Magdelaine-le-Tocsin, les résultats sont de mauvais augure pour le Président sortant. Il arrive second avec 49,75 % des suffrages exprimés.

<u>Dimanche 22 mai 2022, 19 heures 59 minutes 58 secondes, sur tous les plateaux de télévision – Paris</u>

L'incertitude est à son comble. Les visages des deux candidats finalistes s'affichent sur tous les écrans, entourés de points d'interrogation. Les résultats sont si serrés qu'aucune projection ne semble valide, il va falloir attendre la fin du dépouillement du dernier bureau de vote. Au ministère de l'Intérieur, on est dans l'expectative. Le ministre en personne prend la parole, et indique le taux de participation enregistré à la fermeture des bureaux à 20 heures : 55,72 %. Il est en net recul par rapport à celui de 2017, qui était à cette heure-là de 74,70 %. En trois heures, le recul a bondi à presque 20 points. Les Français ont boudé les urnes, tournant ainsi le dos à la classe politique toute entière. Un tel recul est historique, et laisse augurer le résultat que la classe médiatico-politique redoute.

Dimanche 22 mai 2022, 22 heures 30, ministère de l'Intérieur – Paris

Le ministre de l'Intérieur annonce les résultats définitifs de l'élection : « L'opposante principale du Président arrive en tête avec 50,25 % des suffrages exprimés. » Immédiatement après, reconnaissant ainsi implicitement sa défaite, l'Elysée annonce par communiqué que l'investiture de la Présidente élue aura lieu le mercredi 25 mai 2022, à partir de 11 heures.

A l'annonce des résultats définitifs, les émeutes insurrectionnelles redoublent d'intensité dans toute la France. La situation est hors de contrôle. Le chaos est total.

Jour J plus deux

Lundi 23 mai 2022, 8 heures, avenue Gaspard Coriolis – Toulouse

Par communiqué, le service national de la prévision de Météo France confirme que l'épisode caniculaire prendra fin demain mardi 24 mai en fin de journée, et qu'un retour aux normales saisonnières sera observé.

Lundi 23 mai 2022, 13 heures, Palais de L'Elysée – Paris

Le Président de la République, au vu de la situation sécuritaire, et après trois nuits d'émeutes insurrectionnelles, réunit, autour du Conseil de défense, un Conseil des ministres extraordinaire. Il faut prendre des mesures fortes.

Comme l'y autorise l'article 16 de la Constitution, il peut opter pour état d'urgence, comme cela a déjà été fait ces dernières années, mais il peut aller plus loin avec l'article 36, et opter pour l'état de siège. Mais il hésite à aller aussi loin.

Il en laisse la possibilité et la responsabilité à celle qui va lui succéder.

Dans la journée, dans tous les départements métropolitains et ultramarins, les préfets prennent des mesures supplémentaires pour faciliter l'action des pouvoirs publics.

La fin du quinquennat est crépusculaire.

Epilogue

Jour J plus quatre

<u>Mercredi 25 mai 2022, 11 heures, Palais de L'Elysée – Paris</u>

Conformément aux annonces de Météo France, l'épisode caniculaire prend fin. Depuis le lever du jour, les températures sont plus supportables, on respire enfin.

Le ministère de la Santé n'a toujours pas chiffré la surmortalité observée pendant ces cinq jours. Il en laisse probablement le soin au futur ministre.

Au palais de l'Elysée, la cérémonie d'investiture va débuter. Dans la cour, pas de tapis rouge, pas de Garde républicaine, pas de musique. Sur le perron, pas de Président sortant, il a préféré la jouer « à la Donald Trump » et partir à l'aube pour sa villa du Touquet.

Juste quelques supporters de la Présidente élue qui ont osé braver l'état d'urgence, et qui se sont retrouvés rue du Faubourg-Saint-Honoré.

Dans la salle des fêtes de l'Elysée, le président du Conseil constitutionnel, le visage et le corps liquéfiés, est seul, en fauteuil roulant. Il a été victime d'un accident vasculaire cérébral la veille, mais n'a pas voulu céder sa place à son vice-président.

Il range rageusement dans sa poche le texte d'un long hommage qu'il a préparé à l'attention de son candidat favori, comme il l'avait fait lors de la prise de fonction le 14 mai 2017.

Il officialise devant les caméras du service de presse de la présidence, la victoire de la Présidente élue, s'étranglant presque, il ânonne : « Madame, vous avez recueilli au second tour de l'élection présidentielle la majorité absolue des suffrages exprimés. En application des articles 6, 7 et 58 de notre Constitution, le Conseil constitutionnel, hier mardi 24 mai, vous a proclamé élue Présidente de la République, huitième Président élu au suffrage universel sous la Cinquième République ».

Immédiatement après, le général grand chancelier de la Légion d'honneur, assisté de son aide de camp qui présente le grand collier de l'Ordre sur coussin rouge, prononce la formule rituelle : « Madame la Présidente de la République, nous vous reconnaissons comme grand maître de l'ordre national de la Légion d'honneur ».

Préalablement à la cérémonie d'investiture, le grand chancelier a remis à la Présidente les insignes de grand'croix, plus haute dignité dans la Légion d'honneur et qui lui revient de droit et à vie.

Il est 11 heures 20, le quinquennat 2022-2027 commence.